폰카

시가 되다

#핸드폰 #카메라 #갤러리 #사진 속 이야기 #추억 #풍경 #여행 #맛집 #SNS

Humanist

시인의 말

시 돋는 순간에 멈춤

시가 내게로 온 날의 기록입니다.

지나칠 수 없었던 순간을 휴대폰으로 붙들었습니다.

부디 여러분의 눈길과 마음과도 만났으면 좋겠습니다.

시를 잊은 그대에게 시 돋게 하는 윙크이기를 바랍니다.

아이의 마음으로 본 우리의 일상은 맑게 닦여

감동 아닌 일이 없습니다.

시가 아닌 일이 없습니다.

오늘도 나는 시를 내려받기하려고 서성댑니다.

시가 곁에 있음을, 만질 수 있는 것임을 여기, 고요히 놓아둘게요.

시꿈 꾸는 날에

김미희

차례

시인의 말

하늘을 나는 물고기

우산의 꿈은 뭐였을까?

하루치의 행복

호수의 지문

내 솜씨 어때?

하늘을 나는 물고기

폭신한 저 구름 위에 내가 있다는 것이 믿기지 않습니다.

강연 차 제주 가는 길입니다.

모바일 좌석 배정이 늦어져서 맨 뒷자리에 앉아 가게 되었습니다.

앞자리에 앉았다면 내게 내어주지 않았을 풍경입니다.

모든 것은 인연이 부리는 마술입니다.

비행기 옆 날개가 꼭 물고기 꼬리 같습니다.

하늘바다 물고기

하늘바다 물고기는
제 소리에 놀라
꽁지 빠지게 도망간다

겨울 여행. 어느 겨울 아침, 카페 솔트스톤에 갔습니다.

동쪽에 앉아 있었습니다. 강렬한 햇살이 찾아왔지요.

물컵을 들었습니다. 아침 해가 이곳을 엿보고 갑니다.

바다와 태양

컵 안에 든 바다
잊지 마, 넌 바다였어
일러주러 온 태양

6월 말의 일주일간 이 가로등에 거미 한 마리가 살았습니다.

날마다 거미줄 풍경이 다릅니다. 거미줄은 하루짜리, 일회용입니다.

오른쪽에 거미줄을 짰다가 왼편에 거미줄을 짰다가 모양도 조금씩 다릅니다.

저녁에 열심히 짠 거미줄은 날이 밝으면 허물어져 있습니다.

거미가 줄을 짜는 모습, 먹이를 잡고 거미줄을 당겨 먹이를 친친 감는 모습까지.

제 친구였던 거미가 여기 있습니다.

무대

LED 등이 환하게 켜진 무대
아이돌 거미가 물구나무를 섭니다
오래 그렇게 서 있을 수 있다니!
손뼉 치며 관객들이 몰려듭니다

구경 값으로 목숨을 달라고 할 줄은
미처 몰랐습니다

여행자의 발길을 붙잡은 건 정문에 선 돌하르방입니다.

정문 오른쪽, 왼쪽에 나란히 정문을 지키는 돌하르방이 있습니다.

그런데 왼쪽 돌하르방에는 담쟁이 화관이 씌워져 있습니다.

어여쁜 신부, 돌할망입니다.

담쟁이는 화관을 씌워주고 얼마나 흐뭇할까요?

담쟁이는 중매쟁이

담쟁이가 두 사람을 연결해 주었어요

학교 오가며 아이들은 결혼을 축하해 주어요

교문을 지키다가 사랑이 꽃피었나 봐요

돌하르방 신랑 돌할망 신부

날마다 신랑 신부가 지켜주는 학교예요

제주의 시골 버스정류장입니다.

기다리고, 걱정해 주고, 손 흔들어 주는 할아버지가 지킴이입니다.

푸근한 마음은 숨기고, 표정은 더없이 근엄하며 무덤덤한 척 앉아 있습니다.

버스정류장 친구

내가 같이 기다려줄게요

버스 곧 올 거예요

무슨 일로, 어디로 가세요?

하기 싫으면 굳이 얘기 안 해도 돼요

무슨 얘기를 하든 난 다 들어줄게요

내 입 무거운 거 알잖아요

버스 저기 오네요

잘 가요 아무튼 행복해야 해요

낙엽 구르는 소리를 듣습니다.

가을바람 작사, 겨울바람 작곡, 나무들 노래.

저작권을 무료 제공하는 3인의 콜라보가 사람들 마음을 울립니다.

생각이 많아집니다. 작사가로 입문할 태세로 감성지수가 솟구칩니다.

낙엽

바람이 일자
낙엽들이 달려간다
파도 소리가 난다

나무는 알록달록 물고기들을 풀어놓는다
물고기들이 빠르게 헤엄을 친다
소소소 슈슈슈 가가가가

봄이 되자 눈엔 온통 꽃들이 들어차요.

매화, 진달래……. 핀 꽃마다 수술을 세어보곤 했어요.

오늘은 벚꽃의 수술을 세어보았어요. 19개, 23개, 20개.

수술의 개수는 달라도 암술은 하나예요.

수술대 위에 동글동글 귀걸이 같은 것을 꽃밥이라 불러요.

지극히 현실적인 구애

암술을 가운데 두고

수술들은 밥을 들고 있어요

“나랑 결혼해 줘.

밥은 굶기지 않을게.”

도서관 어린이실엔 아이들을 등교시키고 온

어른 여럿이 점처럼 흩어져 있습니다.

무슨 책을 읽을까 먹잇감을 찾는 하이에나처럼

어슬렁거립니다. 그 모습이 여유롭습니다.

아이가 좋아할 만한 책,

영양가 높을 것 같은 책들을 찾아 서치라이트를 켠 엄마들.

금맥을 찾는 엄마들입니다.

나는 형사

재미가 도서관으로 숨어들었다지
감동도 도서관에 숨었다더라고

매의 눈을 하고
서고에서 슬슬
어슬렁어슬렁

재미 범인을 찾아서
감동 범인을 찾아서

식구들 다 같이 밖에서 점심을 먹고 집으로 가는 길입니다.

미세먼지가 없어서 구름이 뽀얗습니다.

우리 앞에 미켈란젤로의 〈천지창조〉가 떠오르는 작품이 걸려 있습니다.

우리를 집에 내려주고 아빠는 한 달간 출장을 갑니다.

딸아이가 이럽니다. "아빠, 차에 구름이 탔어. 우리 대신."

차 뒷문에 올라탄 구름들을 아빠는 알지 못합니다.

손 흔들며 보았다

아빠가 또 출장을 갑니다
미세먼지 하나 없이 맑습니다
나 대신 차 뒤 창문에 올라탄 하늘과 구름들
올라타서 얼마나 까부는지 모릅니다
창문에 매달려 얼마나 낄낄낄 떠드는지
쟤들만 신났습니다
내 마음을 아빠는 알까?

아빠, 안녕히 다녀오세요!

고개를 젖히고 하늘을 보면 나무가 만든 우물이 보입니다.

하늘 우물은 깊이를 알 수 없게 잿빛입니다.

땅 위 나무는 제각각 서 있는 듯한데, 위에선 동그랗게 모여 있습니다.

봄이면 잎들이 피어나 우물가 아낙들처럼 새살거리겠지요.

하늘 우물

나무는 곧게 자라 우물을 만들고서
우물의 깊이를 재려고 또 키를 키운다
한 해 한 해 우물이 깊어질수록
수다의 은밀함도 깊어진다
인간은 결코 듣지 못할 수다

바닷길을 지나 고향으로 갑니다.

파도는 쉼 없이 말을 거는데, 내 귀는 예민하지 못해서 파도의 말을 알아듣지 못합니다.

내 귀를 방해한다고 배를 탓했는데, 내 생각이 짧았습니다.

춤추게 하는 배

각오해
부부부붕 엔진 소리 드높게
경고음 날리며 간지럼을 태우자
못 참고 바다는 춤을 춘다
그만해 그만해
배가 지나가고서도
간지럼 춤은 멈추지 않는다
웃음을 참느라 새하얗다

2010년 세계 작가 콘퍼런스가 네팔에서 열렸습니다.
동료들과 열흘간 네팔에 머물렀습니다.
네팔인들은 아침과 언제든 구름에 가려졌던 봉우리가 모습을 드러내면 히말라야의 산봉우리를 향해 두 손 모아 경건히 기도를 올립니다.
산이 거기 있는 이유를 알았습니다.

마차푸차레 네팔 북중부의 안나푸르나히말에 있는 산으로 높이는 6993m이다. 히말라야 산맥의 일부인 안나푸르나히말의 주요 능선에서 남쪽으로 뻗어 나온 길쭉한 지맥 능선 끝에 있으며, 이 능선은 안나푸르나생추어리(Annapurna Sanctuary)의 동쪽 경계를 이룬다. 마차푸차레 봉우리는 물고기를 닮았다. 네팔 사람들도 그렇게 생각한다.

마차푸차레

신이 던진 낚싯바늘에 걸린
물고기 한 마리

네팔 사람들이 놓아주지 않아
하늘로 올라가지 못했다

우산의 꿈은 뭐였을까?

우리 어머니는 제주 해녀였습니다.

나도 제주에 계속 살았더라면 물질을 했을 겁니다.

육지로 나와 사는 바람에 글을 쓰는 작가가 되었습니다.

태왁은 그 어떤 것과도 비교되지 않을 가치를 담습니다.

해녀의 명품백

해녀가 일터에 메고 가는 가방
사선(死線)에서 얻은 열매를 넣는 곳
생명을 살게 하는 곳간
구멍이 숭숭 난 명품 가방

가만히 보고 있으니, 마치 다가구 주택 같습니다.

다가구 주택에 저녁이 찾아왔습니다.

식구가 들어온 집엔 빨간 불이 켜졌습니다.

꼭대기 두 층은 아직 귀가 전인가 봅니다.

다가구 주택

옹기종기 6층짜리 주택입니다
뜨거움으로 절절 끓습니다
빈집을 보니 마음이 놓입니다
뜨거움도 지나치면 걱정으로 바뀝니다

영화관 지하 주차장입니다.

주차장 입구에 있는 문이 열려 있습니다.

문 말굽쇠가 떨어졌는지 소화기가 대신합니다.

오늘의 문지기

빨간 옷을 입은 문지기
특별 봉사 중입니다
사이렌 호출이 오면
긴급 출동합니다

어린이집 주차장입니다. 아이들은 모두 차가 있습니다.

이 차를 타면 신바람이 납니다. 환경을 망치지도 않습니다.

주인은 교실에서, 자가용들은 주차장에서 서로 즐겁습니다.

무슨 얘기를 주고받을지 참 궁금합니다.

어젯밤 주인이 이불에 오줌 쌌다는 그런 비밀을 폭로하는 건 아닌지 모르겠습니다.

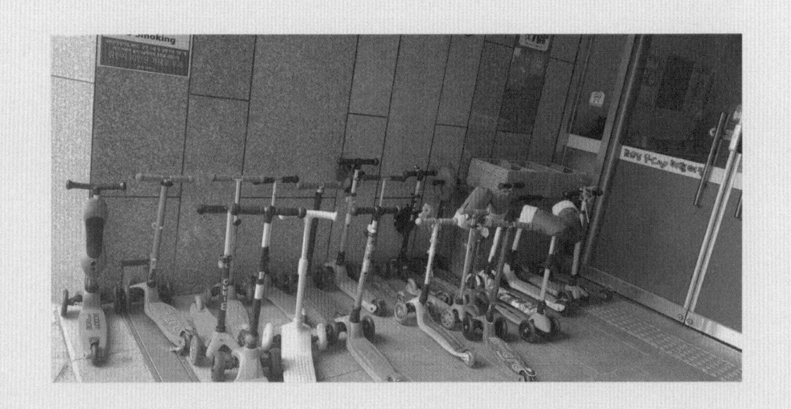

어린이 전용 자가용

나는 씽씽이예요
우리 주인은 6개월째 나를 타고 다녀요
질서정연하게 주인을 기다려요
주인은 나를 타기만 하면 신나서 웃어요 나도 신나요
바퀴 덕분이에요 이 영광을 바퀴에게 돌릴게요

버려진 우산이 새인 줄 알았습니다. 운전하고 가다가 새를 치게 될까 봐 사색이 되었죠.
우산은 비로부터 주인을 지켜주고 버려졌는지, 지켜주지 못해서 버려졌는지 모르겠습니다. 우리의 만남이 반갑지 않습니다. 날개가 꺾이고 살이 부러진 채 버려져 있는 투명 비닐우산. 눈살을 찌푸리게 합니다.

설치미술이라는 억지

우산 살이 꺾여 날개가 부러진 우산
누가 여기 설치했을까?

여기에 설치했다는 건 이미 예술가가 아니란 뜻입니다
관객이 되고 싶지 않은 행인들이 제목을 붙입니다
'당신도 여기 이렇게 버려진 우산이 되어보실래요?'

블라인드라는 녀석은 참 기특합니다. 보기 싫을 걸 안 보게 하고 보고 싶은 걸 맘껏 보게 합니다. 자신을 한껏 작게 만들고 또 우뚝 큰 나무처럼 그늘이 되기도 합니다.

해가 쨍쨍 눈을 못 뜨게 쏘아댈 때도 온몸으로 막아내 줍니다.

착한 마음만 가지고 태어난 성선설의 증인 같습니다.

희생

하루에도 서너 번씩
촬촬촬, 키가 줄어들고 늘어나는 고통 속
비명을 지르면서도 묵묵히 이겨냅니다

저 너머 뭐가 있는지
혼자 보지 않고 보여줍니다
우리의 기분을 바꿔주려고 노력합니다

블라인드는 따스한 피가 흐르는
블러드의 친구일지도 모르겠습니다

휴대폰이 늙어가면 칼로리를 많이 필요로 하나 봅니다.

하루를 못 견디고 빨리 충전기를 갖다 대줘야 합니다.

외출할 때 보조 배터리를 가져가지 않으면 낭패를 봅니다.

특히 내비게이션을 켜고 낯선 길을 가는데 배터리 아웃으로 내비게이션을 보지 못할 때는 지옥이 열립니다.

캠프에 갔을 때도 재앙이 덮쳤습니다.

SOS 혈액 급구

살려주세요
휴대폰이 죽어가요
곧 숨이 멎을 것 같아요
S8 혈액 급하게 구합니다

충전기를 구했다
1% 숫자가 떴다
숨을 쉰다 살았다

비밀번호 도어록이 경고 노래를 부른 지 며칠이 지났습니다.

갈아야지 갈아야지 하다가 이내 잊어버렸습니다.

드디어 할 일 메모장에 커다랗게 기억시키고 건전지를 샀습니다.

볼록이와 납작이를 잘 맞춰 갈았습니다.

새 건전지에게 자리를 내주고 자유를 찾은 건전지들이 만세를 부릅니다.

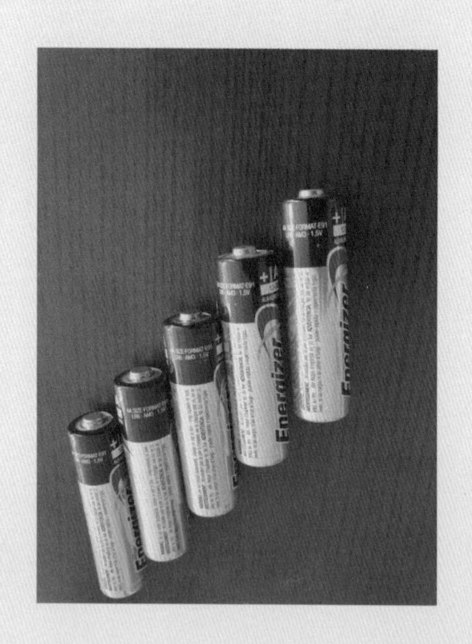

건전지의 두 번째 삶

이제 자유예요

양극과 음극으로 분류되는 삶은 잊을래요

그저 자극이 될래요

열정이 될래요 성장할래요

세탁기로 이불 빨래를 했습니다.

탈수가 될 때는 덜덜덜 오두방정을 떨며 온몸을 비틉니다.

이불 버튼을 누르고 미리 알려줬음에도 불구하고 노동3법을 들먹일 태세로 툴툴댑니다.

무사히 마침 노래가 울립니다. 이불이 끌려 나옵니다.

줄줄줄 세탁기에서 나온 이불은 빨랫줄로 갑니다.

세탁기는 숙변이 빠진 듯 홀가분하겠습니다.

세탁기, 수고했어요

빨래가 끝나자 이불이 끌려 나온다
접혔던 소방호스처럼 줄줄줄 나온다

드디어 텅 빈 배
세탁기는 이불 없이
곤히 잠을 자겠다

분리수거장에 선풍기 한 대가 버려져 있습니다. 멀쩡해 보이지만 정밀진단을 끝낸 주인이 내다 놓았겠지요.
가을바람이 제법 찹니다. 선풍기 날개가 돕니다. 날개가 쉼 없이 빠르게 돕니다. 버려진 신세이고 바람 낼 필요가 없는데도 바람을 냅니다. 거룩한 직업 정신.
아무리 날개를 파닥여도 나올 수 없는 새 한 마리, 저기 들어앉아 최후를 자축합니다.

선풍기의 소명

선풍기는 밖에 버려졌어도
바람을 맞으면 뱅글뱅글 돕니다

태어날 때부터 몸에 밴 습관
죽는 순간까지 하늘이 준 임무를 해냅니다

주차금지 표지판은 너덜너덜 늙고 아픕니다.

청테이프를 반창고처럼 두르고 비바람을 견딘 흔적이 역력합니다.

아파트 관리인의 의술은 허술하기 그지없습니다.

측은지심이 있었다면 AS를 했을 터인데……

그랬다면 보는 이의 마음이 덜 아플 텐데요.

표지판과 낙엽

초록 나뭇잎은 꿈이 있었겠지요
생이 다하기 전
누군가를 위로하는 꿈

낡고 닳은, 남루하기 그지없는
주차금지 표지판 옆에서
바스락거리는 몸이지만 함께 있을게요
꿈을 이뤄준 바람의 은혜도 잊지 않을게요

나는 냉동만두. 마음이 없는 줄 알았어요. 생각도 얼어 있었습니다.

어느 날 에어프라이어에 들어갔습니다.

얼었던 생각이 깨어 내 배 안에 무엇이 들었는지 또렷이 되살아났습니다. 고기와 채소가 엉켜 야단법석, 시끌벅적했던 날이 고스란히 떠올랐습니다.

나는 다시 만두로 돌아왔습니다.

에어프라이어

따스한 온기로

존재를 일깨워주는 집

카페 진열장에 컵들이 모여 있습니다.

손님들이 들이닥치기 전 조회시간입니다.

우선 어젯밤 깨져서 유명을 달리한 컵을 위해 묵념을 올립니다.

아울러 조심성 없는 알바생을 규탄하는 성명을 발표합니다.

각자 맡은바 음료를 이해하는 시간을 가집니다.

컵

향기로 말을 건다
마음을 나누게 하는 심리상담사

하루치의 행복

각자 취향대로 주문했습니다.

아이스 아메리카노, 노란색 레몬에이드, 주홍색 자몽에이드에 빨대가 꽂혔습니다.

빨대는 무엇을 닮았을까요?

빨대 굴뚝

굴뚝에서 뽕뽕뽕

탄산 방울이 오릅니다

여름 산타가 동그란 보따리를 들고

굴뚝을 오릅니다

어제는 시를 읽기만 하던 친구가 이럽니다.

"시인지는 모르지만……." 하며 폰 메모장에 쓴 시를 내밀더군요.

겨울 논의 비닐하우스 꾸러미를 보며 시를 썼더라고요.

"시가 될지 모르지만!" 이는 시가 되는 마법의 말입니다.

마침내 친구에게 새로운 발견을 할 줄 아는 눈이 달렸습니다.

나뭇잎 화석

나뭇잎은 망고주스가 밀려올 줄 짐작이나 했을까
켜켜이 주스에 싸여 갇혀버렸다
그대로 멈춘 지 얼마나 지났을까?
화석이 발굴되었을 때는
허브 향을 잃고 망고 향만을 품고 있었다
내준 만큼 물들었구나

아메리카노는 수묵화 먹물입니다. 도화지가 되지 못합니다.

라떼가 든 잔은 색 도화지입니다.

바리스타는 녹차에 그림을 그립니다. 주로 하트를 그리죠.

그대 가슴에 스며들어 그대가 그리고자 하는 동양화 한 폭이 완성됩니다.

라라라라가 떼로

사랑을 해보셨나요 사랑을 마셔보았나요

사랑하면 보이는 모든 것이 사랑입니다

라라라라 노래가 끊이지 않습니다

떼 지어 줄 지어 몰려옵니다

바리스타 화가는 사랑을 심습니다

파릇파릇 초록초록입니다

오늘의 메뉴! 콩가루 커피, 콩가루 티라미수, 바닐라 커피.
커피는 어딨을까요? 티라미수 케이크는요?
이래서 콩가루 집안이란 말이 나왔을까요?
콩가루 집안은 모든 상식을 묻어 없앤 집이란 뜻이 아닐까요?
(가루를 대하는 자세, 기침에 주의하세요.)

콩가루

숨겨주기 선수!
가루로 덮고
우리 눈을 바보로 만들죠

누렁이 색이면서 하얀 눈 흉내를 내요
눈사람은 사양하겠어요

이야기꽃을 피우려고 카페 컵들은 그렇게 단장을 했나 봅니다.

취향이 제각각입니다. 가끔 오류가 발생하기도 합니다.

'따아'인데 '아아' 하나가 불려 나왔습니다.

짝짓기

9인의 아바타 음료

각자 주인 찾아 위치로!

커피잔을 들어야 아침 해가 비로소 내게 비춰주는 것 같습니다.

커피 향이 번지는 아침.

아침마다 그라인더로 커피를 갈고 커피를 내립니다.

커피는 제 향을 모두 내줍니다. 거침없이 뺏는 우리의 탐욕을 탓하지도 않습니다.

다운로드

커피 향이 보글보글

커피가 묻습니다

하루 치의 행복을 내려받으시겠습니까?

한 입 먹어보려고 물었더니 쇠망치 무는 느낌입니다.

피자의 토핑들이 형체 없이 흐물거리고 까맣습니다.

전자레인지에 오래 있었더니 신원 미상의 물체가 되고 말았습니다.

정체를 밝히려면 유전자 감식이 필요합니다.

정체가 뭐야?

범인은 전자레인지야
국과수에 의뢰해!
5분 전에 무엇이었는지
DNA 감식해서 알아보도록!

누룽지는 바닥 인생을 잘 압니다. 솥 바닥에 납작 엎드려 노릇해지는 지점.
쌀밥이 인내할 임계점을 갓 넘겨야만 나오는 자태는 고수의 감과 손끝에서 태어납니다.
탄 밥이 될 것이냐, 누룽지로 거듭날 것이냐의 지점을 정확하게 알아챈다는 것은 놀라운 능력입니다. 누룽지에게 경의를 표합니다. 아닙니다. 밥의 부활을 영도한 밥집 아주머니에게 고개 숙입니다.

특별 점검

“고객님의 이가 튼튼한지
특별 점검을 실시하겠습니다”
마른 누룽지가 입 안으로 들어왔다

와자작 바사삭
딱딱한 누룽지가 들어오자
이들은 요란한 소리를 냈다

비명소리는 아니었다
맛있다고 반가워하는 소리였다
꽤 긴 시간 점검은 계속되었다

통과!

“다음엔 마른오징어를 보내겠습니다”

인절미를 냉동실에서 꺼내 전자레인지에 돌렸습니다.

1분만 했어야 했을까요? 3분으로 설정했더니 떡이 레인지 안에서 빵빵하게 부풀어 오릅니다.

놀라서 얼른 취소 버튼을 누르고 꺼냈습니다.

그러자 부풀었던 떡 산이 화산 폭발 후 마그마가 흘러내리듯 폭 허물어졌습니다.

인절미야, 다시 한번

냉동실에 사는 인절미는
풍선이 되고 싶었다

전자레인지에 들어가 주문을 외웠다
3분, 주문이 먹혔다
빵빵하게 부푼 풍선이 되었다

레인지에서 나오자, 픽!
마그마처럼 흘러서 주저앉았다

풍선이 되고자 한 소원은
이번에도 불발이었다

김을 먹을라치면 감수해야 하는 일이 있습니다.

무수히 날리는 김가루를 처리하는 일. 골칫거리가 아닐 수 없습니다. 김, 김, 김가루 천지.

25년 주부 경력을 쌓는 동안 손목 힘의 완급 조절을 터득한 솜씨로 김을 잘 구웠습니다. 하지만 가위로 자르려면 번번이 김에게 지고 맙니다.

김이 지나간 반경 1미터가 김 씨 점령지로 물듭니다.

김의 반란

김을 구워 살짝 자르는데도
김가루가 여기저기 날린다
바다로 가기 위한 몸부림이다

몸을 바수어 사방을 어지럽히거나
우리 입가에 묻어 점을 만들기도 하고
심지어 이 하나 빠진 바보로 보이게도 한다

사람들이 네모 반듯 가둬 데려왔지만
바닷속 풀로 돌아가고 싶다는 아우성이다

유리집 아저씨가 트럭에 깨진 유리를 싣고 있습니다.

주차장에 세워둔 유리 몇 개를 누가 깨뜨렸나 봅니다.

아저씨는 혼잣말로 욕을 해대며 깨진 유리들을 트럭에 싣습니다.

유리 비명 사이사이 캐럴이 흘러나옵니다.

6월의 캐럴

여름으로 치닫는 6월,
크리스마스 캐럴이 울려 퍼진다

캐럴을 12월에만 풀어주다니
얼마나 갑갑했을까

마음껏 돌아다니렴
8월에도 9월에도 언제든 만나자

자전거 페달을 서너 번 돌리고, 그다음은 페달에 발을 올리고 쉽니다. 바퀴가 멈출라치면 또 페달을 돌리고 평지에서는 그렇게 반복해서 갑니다.

하늘을 나는 새들의 날갯짓도 이와 같았습니다. 빠른 날갯짓 서너 번. 그러고 날개를 펴고 있기만 해도 앞으로 갑니다.

자전거 사랑법

자전거를 타요
페달을 서너 번 돌리고
페달 위에 발을 멈추고
또 돌리다 멈추고

페달을 서너 번 돌린 후 멈추어도
페달을 돌려 충전한 만큼
앞으로 갈 수 있어요

사랑도 모으면 저금한 만큼 꺼내 쓸 수 있지요

아빠 되기, 엄마 되기 쉽지 않습니다. 부모라는 직업은 정년도 없습니다. 대부분 수입보다는 지출을 요구받습니다.
그러나 '기꺼이'와 '그럼에도 불구하고'라는 단어를 체득하는 일생을 살게 합니다. 기꺼이 같이 노는 아빠가 되는 건 어떨까요? '놀아주는' 아빠 말고 같이 '즐겁게 노는' 아빠.
언제 다시 어린애로 돌아가 보겠습니까. 그 꿈이 이루어집니다.

천장에 강아지가 산다

짖지 않는 조용한 개
어둠과 빛이 어우러질 때 나오는 개
아빠 손가락으로 불러낼 수 있는 개
아빠가 멍멍 대신 짖어주는 개

나도 드디어 불러낼 수 있게 됐다
이제 강아지도 같이 나온다
천장엔 아빠 개와 강아지, 둘이 나란히
방바닥엔 아빠와 나,
컹컹 멍멍 뒹굴뒹굴

호수의 지문

제주에 사는 친구가 귤을 보내왔습니다.

10kg의 귤 한 상자 중에서 씨가 든 귤은 딱 하나입니다.

그 귤의 씨를 소중히 발라내어 연습장에 음표처럼 놓았습니다.

제주를 노래해

5형제 알들이
귤껍질을 깨고 나왔다

오선지를 뛰어다니며
귤의 달콤함을 연주하는
오중주 오케스트라

감 잡았어! 친구가 과도로 감을 잡았다네요.

누구나 자기 먹을 숟가락은 갖고 태어나는 거라고

옛 어른들은 그러셨지요. 그걸 증명하는 감입니다.

숟가락 싹 눈이 트면 뭐가 될까요?

감 씨 숟가락

감이 감춰둔 숟가락 싹

숟가락 싹이 피어

숟가락을 낳고

또 숟가락을 낳으며

나누는 법을 가르치지요

살아가는 법을 가르치지요

카페 중앙에 산이 하나 들어와 섰더군요.

봉우리가 불룩불룩한 것이 굽이굽이 금수강산을 닮았네요.

가늘고 뾰족한 선인장 가시에 찔렸던 경험이 있는 나는

움츠러들고 말았습니다. 저 산을 어찌 오를까요?

선인장 오르기

신이시여!

제가 이곳을 올라야 한다면

바람이게 하소서

햇살이게 하소서

구름이게 하소서

제 마음이

바람이게

햇살이게

구름이게 하소서

고슴도치 갑옷을 내려주소서

물고기가 살던 항아리 수조입니다.

흙에서 살던 아이비가 이사 왔습니다.

개구리처럼 변온동물도 아닌데 흙에서도 살고 물에서도 삽니다.

반짝반짝 빛이 나는 사랑을 피워냅니다.

물에 사는 아이비

흙이 아닌 물에서 살기로 했다 기대가 컸다
발밑에서 간지럼을 태우는 물고기도 만날 수 있으리라
흙 대신 돌멩이에게 뿌리를 맡긴다
돌멩이들이 힘을 모아 품어준다
어미가 여럿이다

입춘이 지난 어느 날 친구가 보내온 소식입니다.

배추씨를 뿌리고 잊고 있었대요.

한동안 추워서 베란다에도 나가지 않았는데,

하루는 나가 보니 이렇게 빽빽하게 눈을 맞추더래요.

초록은 힘이 세다

동장군이 한발 물러난 건

우리 집 초록 장수들 덕분이었어요

낮에는 활짝 피어 있었는데, 이른 아침 민들레는 안 그래요.
꽃을 최대한 오므리고 있어요. 민들레꽃 전체가 눈인가 봐요.
아직 눈을 꼬옥 감고 자고 있어요. 새벽형 꽃이 아니네요.

민들레꽃이 필 무렵

아침이 왔는데도 눈을 뜨지 않아요.

해가 더 가까이 다가와 비추기를 기다려요

해님의 입맞춤에 민들레가 반짝 눈을 뜨는 낮

봄에 산길에서 만난 도토리와 떡갈나무잎입니다.

도토리의 한쪽 면은 매끈해 보이지만

반대쪽은 망가져 해골처럼 구멍이 났습니다.

구멍은 점점 커질 거예요. 가을 기억도 희미해지겠지요.

박제된 도토리

도토리의 기억을 모두 잃었을 때

집이 되어요

소라게 같은 곤충들의 안식처가 될 거예요

부활이 시작되어요

오리가 호수를 거느리는 모습에서 조용한 카리스마가 느껴집니다.

내가 지켜주노라. 그러니 너는 마음을 놓아라.

그런 위엄이 조용히 흐릅니다.

어떤 이는 오리가 '와이파이 물결'을 만들었다고 말합니다.

오리가 들으면 통신사 사장님처럼 우쭐대겠습니다.

지문

오리가 호수의 지문을 만든다
호수, 네가 일생을 어떻게 살았는지
나는 잘 알고 있단다
오리가 호수의 지문을 읽는다

옆집에서 손수 가꾼 배추를 주더군요.

달팽이는 제집이니까 초대받지 않고도 당당하게 배추와 같이 왔습니다.

이제부터 네 먹이를 우리가 먹어도 되겠냐고 물었습니다.

묵묵부답입니다. 단단히 삐졌습니다.

달팽이끼리 대화가 자유로운 풀숲으로 보내주었습니다.

비가 그치고 아파트 아스팔트 길에서 달팽이를 만났습니다.

소풍을 나온 걸까요? 극기 훈련이라도 나온 걸까요?

달팽이가 느린 건

더듬이 때문일 거야
두 개가 쫑긋 쫑긋 다른 방향을 가리키지

더듬이 둘이 자기 고집을,
자기 방향을 꺾지 않네

집은 두고 가자
아냐 가져가야 돼
나오기까지 한참을 싸웠을 거야

들켰네요. 술래잡기 중인 메뚜기를 보고 말았습니다.

사진 속 주인공 메뚜기는 속이려는 생각이 없나 봅니다.

보호색으로 무장하지도 않았습니다.

올 테면 와라. 잡을 테면 잡아라.

무모함인지 용감함인지를 발휘합니다.

메뚜기

배추밭 너른 운동장에서
뛰어라 날아라 배춧잎은 펄럭이고
메뚜기는 배춧잎 뒤에 숨어서 용감한 척합니다

배추는 부처의 마음을 가졌나 봅니다
저를 뜯어먹는 적에게 응원을 보내고 숨겨주기까지 합니다

아침 · 저녁마다 리오를 데리고 산책을 나갑니다.

오전엔 내가, 저녁과 주말은 남편이 나갑니다.

나는 집 근처를 어슬렁거리다 들어오는데, 남편은 아파트 둘레 전체나 공원까지도 다녀옵니다.

아빠의 산책은 긴 마라톤 코스이고 나는 단거리 코스입니다.

리오는 아주 가까이에서 냄새를 맡습니다. 리오는 꽃 냄새를 특히 좋아합니다. '꽃을 사랑한 소 페르디난드'처럼요.

가장 의미 있고 행복한 일이 냄새 맡는 일인가 봅니다.

강아지 산책

바깥이라는 도서관으로 책 읽으러 간다
코로 한 글자 한 글자 읽어나간다
독해를 한다

엄마랑 가면 단편을 읽고 오고
아빠랑 가면 장편을 읽고 온다

우리 아파트에 사는 까치는 아침이 제일 수다스럽습니다.
까치가 입을 벌려 소리를 내면 전기가 흐르듯 꽁지까지 찌르르 까닥거립니다.
아기 까치도 꽁지를 까닥거려 보지만 몸에서 울음을 뽑아내진 못합니다.
아기 까치가 날면 가지는 살랑, 슬몃 움직이며 지켜줍니다.
하루는 안방 베란다 문을 열고 누워서 책을 읽는데 까치가 날아와 떡떡떡 큰소리를 지릅니다.

까치

떡떡떡

이 나무 까치가 말하면

저 나무 까치가 떡떡

모스 부호로 대화합니다

비밀이 많습니다

저렇게 큰 소리로 얘기하는데도

나는 비밀을 캐내지 못합니다

민들레에 벌이 폭 빠져 있더군요. 자세히 보니까요.

양쪽 뒷다리에 불룩불룩 꽃가루주머니가 달려 있어요.

찰칵 소리가 나게 사진을 찍는데도 꽃에만 눈을 팔아요.

'일편단심 민들레'는 이 벌 때문에 생긴 말인가 봐요.

민들레는 꽃 피우길 참 잘했다 생각할 거예요.

사랑의 깊이

마라톤 선수의 모래주머니 같은
사랑 주머니

사랑의 깊이를 재려면
뒷다리 두께를 재요

내 솜씨 어때?

햇살 좋은 날 오후가 되면

우리 집에 무지개가 놀러 옵니다.

모른 척할까 하다가 사진을 찍고 시를 씁니다.

여기저기 무지개 조각 조각

나는 녀석들이 맘껏 놀게 둡니다.

무지개의 워라벨

햇살 좋은 날 놀러 온 무지개 조각

비 개고 나면

놀러 다니던 무지개 조각들은

하늘로 일하러 간다 카드 섹션을 벌인다

대형 무지개 완성

우리 집 수조에 색색의 돌멩이들이 삽니다.

생명을 들이는 일은 참 조심스럽습니다.

이별의 슬픔은 아픔의 무한대 승을 곱해야 하기 때문입니다.

하여, 물고기는 살지 않습니다.

흰 돌멩이가 저런 표정을 짓고 있습니다.

무슨 일이 있었을까요?

돌멩이의 불만

언제까지 아이비 발 냄새만 맡아야 하는 거야?

붉은 놈 너, 왜 내 이마를 누르냐고?

혹 나면 어쩌려고

그리고 너희들 ‘자갈자갈’ 재잘대지 마

여기 자갈인 거 모르는 돌멩이가 어딨어

아침에 일어나니 온 산이 안개에 휩싸인 듯 뿌옇습니다.
이슬비, 가랑비, 보슬비, 이런 이름을 가진 비들이 살금살금 까치발로 찾아왔습니다.
밤새 거미줄을 어찌나 많이 쳐놓았는지 셀 수도 없습니다.
나무마다 거미줄 커튼을 쳤고, 짙은 이슬이 거미줄을 고스란히 드러나게 했습니다.
연두색 검은 줄무늬 거미들은, 박쥐처럼 거꾸로 매달려서 "내 솜씨 어때?" 뽐냅니다.

거미의 사냥

거미줄마다 총총총 물방울을 가득 잡아서 뽐낸다
거미줄은 이슬을 잡아 가뒀다고 자랑질이다

이슬 가게
이슬을 사려면 거미에게 가야 한다
밤새 예술 활동 펼친 거미는
거꾸로 매달려 꼼짝하지 않는다

누가 누가 거미줄을 잘 짰는지
잡힌 이슬의 수를 세어볼까나

대천해수욕장의 초겨울 아침. 내 눈을 사로잡은 작품들이 있었으니, 창작자는 달랑게들이었습니다. 규조류만 먹은 후 모래는 뱉어놓았는데, 구슬 떡 모양들이 저마다 개성을 뽐내며 작품을 빚어놓았습니다. 경단들이 품은 그림자들도 얼마나 아름답던지요. 달랑게 작가의 이름을 몰라서 안타깝기만 합니다.

달랑게 전시회

모래밭에 달랑게가 전시회를 열었다.

동그란 구멍을 가운데 두고

일정한 간격으로 동글동글 만든 작품

구슬같이 몽글몽글

모래 떡으로 구멍을 막은 작품

구슬 경단을 점점이 흩트린 작품

달랑게들의 이름을 몰라서

작자 미상이라고 쓴다

달랑게1 달랑게2 달랑게3……

숫자를 붙인다

달랑게는 분명 작품 제목을 생각했을 텐데

작품 이름을 미제라고 쓴다

겨울나무는 헐벗었지만 우뚝합니다.

야생에 사는 나무의 위엄입니다.

집 안에 사는 나무는 겨울에도 아주 드물게 이파리를 떨어뜨릴 뿐 마냥 푸릅니다. 천적인 추위로부터 보호를 받으니까요.

밖에서 추위를 견디는 나무만이 꿋꿋하게 모든 걸 내려놓고 동안거(冬安居)에 들어갑니다.

겨울 동안 나무는

한 장 한 장
이름표를 내려놓는다
애써 이름표를 떨군다

마침내 몸만 남기고
내가 누구인지
생각하려고

6월 중순. 영산홍은 봄에 벌써 폈다 졌습니다.

영산홍이 피워낸 꽃일까요? 줄기를 감고 뻗어간 건데,

영산홍 꽃나무가 이런 꽃을 피우나 착각하게 만듭니다.

숨었다고 생각하는 걸까요? 예쁨은 숨기지 못했습니다.

은신과 침략 사이

영산홍을 몰아내고 제집인 양 차지한,

오목눈이 새 둥지에 알을 낳은 뻐꾸기 같은,

소라가 없는 틈에 그 집에 들어가 사는 소라게 닮은,

무임 세입자가 뭘 믿고 이렇듯 당당한지

450년 된 나무, 500년 된 나무.

100살이 넘으면 나무의 나이는 50년 단위 또는 100년 단위로 말합니다.

견뎌온 세월만큼 절로 경배하게 됩니다.

동네를 대표하고 지켜주는 성황나무는 누군가 가져온 음식을 눈으로만 먹고 꼭 새들이나 곤충들에게 줍니다. 그것까지 믿음직스럽습니다.

은행나무

그동안 사람들, 새들, 바람의 말을 얼마나 많이 들었을까
살아온 세월만큼 모르는 게 없을 거다
온 만물이 의지하는 이유다

그대가 누군가에게 길을 알려주려면
짧은 시간 안에 수많은 경험을 한 사람이어야 하리
아니면 장수하고서 길잡이가 되리

나는 '물끄러미'를 사랑합니다.

나뭇잎을 물끄러미 봅니다. 여러 갈래 길이 나 있습니다.

김정호가 보면 걸어야 할 길이고, 간호사가 보면 실핏줄이라 주삿바늘 위치를 생각하겠지요.

어부는 더 촘촘히 그물 짤 생각을 하겠고요.

또…….

나무의 손금

나무의 손은 나뭇잎
구름이 손금을 봐준다

뭐든지 내어줘야 직성이 풀리는 팔자네
가끔 세찬 비바람도 견뎌야 하겠군
모든 걸 떠나보내야 할 때가 한 번씩 오겠어
걱정하지 마 햇살에 반짝이는 날이 더 많을 테니
결실도 많이 볼 걸세
맘 놓게 이만하면 나무랄 데 없는 운일세

전주 어느 중학교 강연 끝나고 오다가 보도블록 틈에 난 작은 나무를 만났습니다. 풀꽃도 아닌 나무가 보도블록 틈으로 날아들다니요. 우리가 알지 못할 이유가 있겠지요. 이 작은 나무만의 사연이. 단풍잎도 걱정스레 다가와 안부를 묻습니다.

모험을 떠난 나무

한자리에 붙박이처럼 서 있는 거 싫어
벌써 이만큼이나 걸었는걸
발길이 난무한 보도블록 정글이지만
언제 밟힐지 모르지만
나아갈 테야 나는 나무니까

사람들이 많이 다니는 산에서 나무가 오래 살면요

흙 위로 발을 슬금슬금 내놓더군요.

오늘 보았는데요. 나무는 발이 여럿이더라고요.

뿌리

문어의 조상은 나무일지 몰라
옛날옛날에 산에 살다가
바다로 갔는지 모르지

나무 가까이 갈 때는 조심해
어느 순간 기다란 발들을 휙 하고 들어 올려
너의 몸을 친친 감을지 몰라

나는 분명히 경고했어!

산길에 복주머니가 열렸습니다. 맑은 곳을 골라 피었습니다.
대롱대롱 지나노라면 산길은 물길이 됩니다.
언제 왔는지 모를 물고기, 풍경(諷經)은 처마 끝에서 양반님 음성으로 달랑거립니다.

며느리 주머니꽃

산으로 간 금붕어들이 살랑살랑
바람 따라 흔들흔들 헤엄을 쳐요

어항에 살던 버릇 그대로
멀리 가지 않고 제자리에서 달랑달랑

어제 그렇게 당당하던 목련 꽃잎 몇이 오늘 또 생을 놓았습니다.
목련 나무 아래, 녹슨 잎들이 늘어갑니다.
녹슬었다는 표현은 아직 생의 절정에 선 다른 꽃들에게 슬프게 들릴 것만 같아 정정합니다. 목련의 파지라고요.

꽃이 지네

바람결에 무언가를 받아 적으려던
목련의 고뇌가 담긴 시
완성하지 못한 원고가 버려져
미완의 시로 뿌려진다

날마다 목련은 쓰고 버리고
쓰고 버리고
4월이 가면
세상엔 어떤 시가 남을까?

폰카, 시가 되다

1판 1쇄 발행일 2020년 6월 15일

지은이 김미희

발행인 김학원
발행처 (주)휴머니스트 출판그룹
출판등록 제313-2007-000007호(2007년 1월 5일)
주소 (03991) 서울시 마포구 동교로23길 76(연남동)
전화 02-335-4422 **팩스** 02-334-3427
저자·독자 서비스 humanist@humanistbooks.com
홈페이지 www.humanistbooks.com
유튜브 youtube.com/user/humanistma **포스트** post.naver.com/hmcv
페이스북 facebook.com/hmcv2001 **인스타그램** @humanist_insta

편집주간 황서현 **편집** 문성환 **디자인** 박인규
용지 화인페이퍼 **인쇄** 삼조인쇄 **제본** 정민문화사

ISBN 979-11-6080-404-1 03810

이 도서의 국립중앙도서관 출판예정도서목록(CIP)은 서지정보유통지원시스템 홈페이지(http://seoji.go.kr)와
국가자료공동목록시스템(http://www.nl.go.kr/kolisnet)에서 이용하실 수 있습니다.(CIP제어번호: CIP2020021300)